CATALOGUE

D'UNE BELLE RÉUNION

D'OBJETS D'ART

ET

D'AMEUBLEMENT

8 grands et magnifiques Vases et Vasques en porcelaine de Chine,
fond bleu de roi,
supportés par des groupes de figures en bois sculpté.
Vases en porcelaine de Sèvres, peints par Demarne,
Pendules, Candélabres et Meubles du temps de Louis XIV, Tapisseries, etc.

LE TOUT APPARTENANT A M. STRAUSS

DONT LA VENTE AURA LIEU

HOTEL DROUOT, SALLE 1

Le JEUDI 18 AVRIL 1861, à deux heures.

Par le ministère de Me **CHARLES PILLET**, Commissaire-Priseur,
rue de Choiseul, 11,
Assisté de **M. ROUSSEL**, expert, rue Moncey, 16,
Chez lesquels se distribue le présent catalogue.

EXPOSITION PARTICULIÈRE	EXPOSITION PUBLIQUE
Le Mardi 16 Avril 1861,	Le Mercredi 17 Avril 1861,

De midi à cinq heures.

PARIS. IMPRIMERIE DE PILLET FILS AINÉ

RUE DES GRANDS-AUGUSTINS, 5.

1861

CATALOGUE

D'UNE BELLE RÉUNION

D'OBJETS D'ART

ET

D'AMEUBLEMENT

Quatre grands et magnifiques Vases et Vasques en porcelaine de Chine,
fond bleu de roi,
supportés par des groupes de figures en bois sculpté.
Vases en porcelaine de Sèvres, peints par Demarne,
Pendules, Candélabres et Meubles du temps de Louis XIV, Tapisseries, etc.

LE TOUT APPARTENANT A M. STRAUSS

DONT LA VENTE AURA LIEU

HOTEL DROUOT, SALLE 1

Le JEUDI 18 AVRIL 1861, à deux heures.

Par le ministère de Mᵉ **CHARLES PILLET**, Commissaire-Priseur,
rue de Choiseul, 11,
Assisté de M. **ROUSSEL**, expert, rue Moncey, 16,
Chez lesquels se distribue le présent catalogue.

EXPOSITION PARTICULIÈRE | **EXPOSITION PUBLIQUE**

Le Mardi 16 Avril 1861,   Le Mercredi 17 Avril 1861,

De midi à cinq heures.

PARIS, IMPRIMERIE A. PILLET FILS AINÉ

RUE DES GRANDS-AUGUSTINS, 5

1861

CONDITIONS DE LA VENTE

Elle sera faite au comptant.

Les adjudicataires payeront *cinq pour cent* en sus des enchères, applicables aux frais.

DÉSIGNATION

DES OBJETS

PORCELAINES

1 — Quatre grands et magnifiques vases, de forme très-élégante, en porcelaine de Chine, fond bleu de roi, rehaussé d'un décor en camaïeu d'or avec de nombreux cartouches, à fond blanc, décorés de bouquets de fleurs émaillés en couleurs variées; les couvercles, de mêmes qualité et décor, sont surmontés de Chimères (le chien de Fo).

Ces vases, vraiment remarquables par la beauté de la porcelaine et leur grande dimension, le sont encore par leur parfaite conservation; ils sont supportés par des groupes de figures en bois sculpté et doré, de grandeur presque nature, représentant diverses divinités avec attributs. Bon travail du temps de Louis XIV.

Haut. des vases seuls, 1 mèt. 35 cent.
Haut. totale avec les figures, 2 mèt. 45 cent.

2 — Quatre grandes vasques ou bassins en porcelaine de Chine, de mêmes qualité et décor que les vases ci-dessus; les anses à anneaux mobiles sont ornées de mascarons à mufles de lions; l'intérieur est décoré de poissons et de plantes aquatiques. Ils sont supportés par des figures allégoriques de ronde bosse en bois sculpté, de grandeur naturelle et du plus beau faire; par Traverio, sculpteur de l'époque de Louis XVI.

Ces huit pièces, uniques par leur ensemble, formaient la décoration principale du Palais Rouge à Gênes, et ne seraient certes pas déplacées dans le palais d'un souverain.

3 — Deux beaux vases en porcelaine de Sèvres bleu de roi, ornés de vues de Fontainebleau et de sujets de chasses où figure S. M. Napoléon Ier. Peintures très-fines par Demarne. (Signées.)

Ces vases ont été exécutés à Sèvres, en 1811, pour S. M. la reine Hortense, sous le n° 46 de la manufacture. Ce sont les seuls vases connus peints par Demarne.

Les piédestaux qui portent ces vases, exécutés par Jacob en bois d'acajou, sont richement ornés de bronzes dorés.

Haut. 69 cent.

4. — Garniture de trois vases avec couvercle, en porcelaine de Saxe, décorés de sujets dans le style Watteau, très-finement peints et entourés de guirlandes de fleurs en relief.

5. — Écuelle à deux anses et couvercle avec plateau, en porcelaine de Saxe, fond vert, enrichi de cartouches à sujets camaïeu rouge.

6 — Un cerf et une biche en porcelaine de Saxe.

7 — Deux chiens en porcelaine de Saxe.

8 — Statuette en porcelaine de Saxe. Jeune femme dansant.

9 — Tête-à-tête en porcelaine d'Allemagne, décoré d'oiseaux et de fleurs, composé d'un plateau, deux tasses, une théière et un pot au lait.

10. — Un bol et cinq tasses avec soucoupes en porcelaine de Saxe, décor camaïeu vert, avec figures style Watteau, coloriées au naturel.

11 — Grande tasse à couvercle avec soucoupe, porcelaine blanche d'Allemagne, avec médaillon à sujet grec.

12 — Groupe de figures, sujet mythologique, porcelaine de Saxe.

13 — Deux bosquets avec niches en bronze rocaille, avec fleurs en porcelaine.

14 — Deux petits vases à anses, en porcelaine de Sèvres, pâte tendre à médaillons de fleurs sur fond vert clair, avec piédestaux en bronze doré.

15 — Petit déjeuner composé de cinq pièces, en porcelaine de Sèvres, pâte tendre, décoré d'entrelacs bleu et or.

16 — Deux seaux en porcelaine du Japon, fond bleu clair, décorés de fleurs émaillées en couleurs variées, très-belle qualité, montés en bronze doré.

17 — Joli vase en porcelaine de Chine, décor d'arabesques et de fleurs, garni en bronze doré.

18 — Vase forme bouteille en céladon bleu turquoise, jaspé de bleu foncé.

19 — Onze assiettes en porcelaine de Sèvres blanche, décor de dentelle d'or.

20 — Trois compotiers blancs en porcelaine de Sèvres.

21 — Cinq assiettes en porcelaine de Saxe, décorées d'oiseaux.

BRONZES DORÉS ET ARTISTIQUES

22. — Très-belle pendule à cadran tournant, du temps de Louis XVI. Elle a la forme d'un vase à deux anses orné de guirlandes, sur fût de colonne cannelé, qui supporte aussi une figure allégorique. Modèle peu connu et d'un grand effet.

Haut. 70 cent.

23 — Autre belle pendule du temps de Louis XVI, grand modèle, marbre blanc, avec groupe de figures. Bac-
chante et Amour en bronze doré au mat; le socle est
orné d'un bas-relief à jeux d'enfants. Tous les détails
sont finement ciselés. Mouvement de Lepaute, à
Paris.

24 — Pendule en bronze doré, avec figures de génies et buste,
allégorie aux arts libéraux, sur socle en marbre blanc
orné d'un bas-relief et de rosaces finement ciselés.

25 — Pendule époque de Louis XVI, avec figures allégoriques en bronze doré, socle en marbre blanc, orné de
rinceaux et de moulures aussi en bronze doré. Mouvement du nom Gaydamour.

26 — Charmante petite pendule en bronze doré, groupe de
figures très-finement ciselé, la Fidélité. Socle en
marbre blanc. Mouvement de Lecœur et cadran de
Coteau, orné d'émaux de couleurs.

27 — Pendule de cabinet, boîte à pilastre et fronton cintré,
socle en marbre blanc. Mouvement de Bertrand, hor-
loger, de l'Académie royale des sciences.

28 — Petite pendule en bronze doré, ornée de figures et de
guirlandes.

29 — Autre petite pendule du temps de Louis XVI, marbre
blanc et bronze doré.

30 — Jolie pendule Louis XVI, ornée de guirlandes de fleurs ; le mouvement repose sur un fût de colonne cannelé en marbre blanc.

31 — Pendule Louis XVI, ornée de figures, Satyre et Amour en bronze doré, socle en marbre blanc. Mouvement de Charles Leroy.

32 — Pendule Louis XVI en bronze doré, avec les figures allégoriques de la Vérité et de la Justice, en bronze au vert antique. Mouvement de Leroy.

33 — Pendule Louis XVI, formée de rinceaux et fleurs en bronze doré, socle en marbre blanc. Mouvement de Lescopié.

34 — Grand piédestal de pendule du temps de Louis XVI, à colonnes en marbre blanc, richement orné de bustes et de guirlandes en bronze doré ; il est destiné à contenir un jeu d'orgue.

35 — Très-belle paire de candélabres à trois branches de fleurs, placées dans des vases que supportent des cariatides se terminant en feuillages ; les socles sont ornés de guirlandes de fleurs d'un travail très-délicat. Ces deux pièces en bronze doré sont remarquables par la beauté et le fini de la ciselure.

Haut. 69 cent.

36 — Vase en marbre vert de mer, avec monture à deux anses et guirlandes de fleurs en bronze doré.

37 — Deux statuettes. Vénus au Dauphin, et Antinoüs,
bronzes italiens.

38. — Deux groupes, enfants et animaux, représentant l'Été
et l'Automne ; bronzes du temps de Louis XVI.

39 — Vénus accroupie, statuette très-fine en bronze, sur socle
en bois doré.

40 — Groupe en bronze, enfant sur un lion.

41 — Statuette en bronze ancien, représentant un des Titans.

MEUBLES

42 — Deux grandes armoires en bois de rose, fermant à deux
vantaux, garnis de panneaux en vieux laque de
Chine, à dessins d'or et couleur, représentant des
sujets variés ; elles sont ornées de cuivres rocailles
dorés.

Haut. 2 mèt. Larg. 1 mèt. 50 cent.

43 — Deux armoires à hauteur d'appui en bois de rose, fermant à une seule porte, garnie d'un panneau en
vieux laque de Chine, de même qualité que les précédents ; les dessus en marbre brèche d'Alep.

44 — Jolie armoire à hauteur d'appui en bois d'acajou, fermant à deux portes vitrées, élégamment ornée de bronzes dorés ; époque de Louis XVI, dessus en marbre blanc.

45 — Beau secrétaire du temps de Louis XVI en bois d'acajou, orné de bronzes dorés très-fins, et enrichi de plaques en biscuit Weedgwood, à fond bleu et relief blanc.

46 — Autre secrétaire à peu près semblable, sans plaques de biscuit.

47 — Autre secrétaire de même époque.

48 — Commode du temps de Louis XVI en bois d'acajou, ornée de bronzes, dans le même style que les meubles précédents.

49 — Deux consoles à colonnes cannelées et ornées de cuivre doré, du temps de Louis XVI.

50 — Bureau en acajou à quatre faces, garni de tiroirs et rallonges, avec quart de rond en bronze doré, orné comme les meubles précédents.

51 — Commode du temps de Louis XV, en vernis genre Martin, décorée de fleurs sur fond vert, et ornée de bronzes dorés, dessus en marbre brèche d'Alep.

52 — Autre commode du temps de Louis XV, en marqueterie de bois à fleurs, garnie de bronzes.

53 — Joli meuble du temps de Louis XV en bois de rose,
formant bureau et casier, fermant à deux portes à
coulisses; dessus en marbre brèche d'Alep.

54 — Meuble étagère formant toilette, en bois d'acajou à colonnes cannelées garnies de cuivre, avec tablettes en
marbre blanc et glace.

55 — Très-beau Christ en ivoire sculpté dans un seul mor-
ceau; ouvrage très-fin. Il est renfermé dans une vi-
trine en marqueterie de Boule, cuivre et écaille noire,
très-beau modèle ancien, de l'époque de Louis XIV.

56 — Glace avec cadre riche, en bois sculpté et doré, à feuillages entremêlés d'aigles. Sculpture vénitienne de
l'époque de Louis XIII.

57 — Un petit secrétaire ancien Louis XVI, avec un paysage
en marqueterie de bois, bronzes dorés.

TAPISSERIES

58 — Une très-belle tapisserie des Gobelins représentant une
Scène d'Armide. Signée Coypel et Audran, anno 1735.

Haut. 4 mèt. Larg. 4 mèt. 50 cent.

59 — Une grande tapisserie. Style renaissance.

> Haut. 2 mèt. 80 cent. Larg. 5 mèt. 60 cent.

60 — Une grande tapisserie. Style renaissance.

> Haut. 2 mèt. 40 cent. Larg. 2 mèt. 50 cent.

61 — Une grande tapisserie représentant la Mort d'Hippolyte, avec une bordure, dans le genre italien, à fleurs, fruits et enfants.

> Haut. 3 mèt. Larg. 5 mèt.

cadres dorés   8.50
deux bois sculptés   25 —
trois do   30 —
quatre do   76 —
un modèle marbre   31
un autre do   28 —
pendule à 2 colonnes   34
deux miniatures ovales   78
pendule modèle Marembau   315 W Str.
   do de mai   300 — W —
petit déjeuner   205 —
secret. marqueterie   132
   do   do   650 —
petit bureau de marqueterie   350 —
une chaise bois sculpté   165 —
pendule   182

why do you say My Lord and
   not Your grace